La rentrée, mon chat et moi

Marie-Hélène Delval est auteur de nombreuses histoires et romans pour la jeunesse. Pour Bayard Jeunesse, elle est notamment l'auteur de la série « Les dragons de Nalsara », mais aussi traductrice de l'anglais (séries « L'Épouvanteur » et « La cabane magique », *L'Aîné*...).

Du même auteur dans Bayard Poche :
L'ogre qui avait peur des enfants - Les trois sorcières - Les deux maisons de petit blaireau - Un petit frère pas comme les autres - Un petit loup de plus - Éloïse et les loups - L'école des géants - La sorcière qui avait peur de la nuit (Les belles histoires)
La nouvelle (Mes premiers J'aime lire)
Le professeur Cerise - Les sept sorcières - Victor, l'enfant sauvage - Les treize chats de la sorcière (J'aime lire)

Vincent Mathy est né à Liège. Après avoir suivi les cours de l'école Saint-Luc de Bruxelles, il a commencé sa carrière d'illustrateur, aussi bien pour la bande dessinée que pour la jeunesse. Ses ouvrages sont publiés aux éditions Nathan et Flammarion.

Dépôt légal : septembre 2008
ISBN : 978-2-7470-2552-2
Loi du 16 juillet 1949 sur les publications destinées à la jeunesse.

La rentrée, mon chat et moi

Une histoire écrite par Marie-Hélène Delval
illustrée par Vincent Mathy

mes premiers j'aime lire
BAYARD POCHE

Chapitre 1

Drôle de rentrée

La veille de la rentrée, j'étais un peu inquiet. On avait déménagé juste avant l'été. Dans la nouvelle école, je ne connaissais personne.

Mon chat, Mahou, a sauté sur mon lit et s'est mis à ronronner.

J'ai confié à mon chat :

– Tu sais, j'aimerais bien t'emmener avec moi, demain. Ça me ferait au moins un copain. Malheureusement, à l'école, les animaux sont interdits.

Mahou a ronronné plus fort, l'air de dire : « Tout ira bien, tu verras. »

Et j'ai fini par m'endormir.

Le lendemain matin, je suis entré dans ma nouvelle classe. La maîtresse de CP était une petite dame ronde avec de grosses lunettes. On s'est assis, et elle a dit :

– Bonjour, les enfants ! Pour bien commencer la journée, je vais vous lire une poésie.

Elle a ouvert un livre et elle a lu :

Une fourmi de dix-huit mètres
avec un chapeau sur la tête,
*ça n'existe pas...**

À ce moment-là, on a gratté à la porte. La maîtresse a demandé :

– Oui ? Qu'est-ce que c'est ?

* Extrait du poème « La fourmi » de Robert Desnos (éditions Gründ)

La porte s'est ouverte, et un chien est entré.

La maîtresse a dit :

– Tu es en retard ! Comment t'appelles-tu ?

– Ouaf ! a fait le chien.

– Eh bien, va vite t'asseoir, Ouaf !

J'ai pensé que la maîtresse était très myope.

Ouaf s'est assis, il a posé ses pattes de devant sur la table et il a sorti la langue, comme pour mieux écouter.

La maîtresse a dit :

– Très bien ! Reprenons !

Une fourmi de dix-huit mètres
avec un chapeau sur la tête...

Là,on a entendu trois petits coups secs : toc toc toc !

La maîtresse a demandé :

– Oui ? Qu'est-ce que c'est ?

La porte s'est ouverte, et un perroquet est entré.

Chapitre 2

Drôles d'élèves

En voyant entrer le perroquet, la maîtresse a dit :

– Tu es en retard, toi aussi. Comment t'appelles-tu ?

– Jacquooooot ! a fait l'oiseau.

– Eh bien, va vite t'asseoir, Jacquot.

Le perroquet est allé se percher sur une table, et il a penché la tête comme pour mieux écouter. Sans s'étonner, la maîtresse a repris :

Une fourmi de dix-huit mètres...

Cette fois, on a cogné très fort sur la porte : boum boum boum !

– Oui ? a crié la maîtresse. Qu'est-ce que c'est ?

La porte s'est ouverte, et un âne est entré. La maîtresse s'est exclamée :

– Tu es vraiment très en retard, toi ! Comment t'appelles-tu ?

– Hi han ! a fait l'âne.

– Tu es bien grand, Hihan. Va vite t'asseoir au fond ! De toute façon, il n'y a plus de place devant. Et ne crie pas si fort, je ne suis pas sourde.

J'ai pensé que la maîtresse n'était peut-être pas sourde, mais qu'elle était vraiment très myope. J'ai pensé aussi : « Puisque c'est comme ça, demain, je pourrai peut-être amener mon chat à l'école ? »

J'imaginais déjà la maîtresse lui disant : « Tu as une journée de retard, Mahou ! Enfin, va vite t'asseoir ! »

La maîtresse a repris pour la quatrième fois :

Une fourmi de dix-huit mètres...

À ce moment-là, la sonnerie a retenti. C'était l'heure de la récré.

La sonnerie sonnait, sonnait. Elle n'arrêtait pas de sonner. Alors, je me suis réveillé.

C'était mon réveil qui sonnait. J'avais rêvé, évidemment. C'était ce matin, le vrai matin de la rentrée…

PoP
Mahou

Chapitre 3

Drôle de surprise...

Je me suis levé, lavé, habillé. J'ai pris mon petit-déjeuner. Mahou ne me quittait pas d'une semelle. De temps en temps, il demandait :

– Mahououou ?

Je lui répondais :

– Je sais, mon vieux ! Moi aussi, j'aimerais bien t'emmener ! Mais les animaux ne vont pas en classe, sauf dans les rêves...

Et je suis parti à l'école.

La maîtresse ne ressemblait pas à celle de mon rêve : elle était grande, et elle ne portait pas de lunettes.

Sur son bureau, elle avait étalé des étiquettes avec nos noms. Elle a demandé à chaque élève de venir chercher son étiquette pour la poser sur sa table.

J'ai tout de suite reconnu la mienne : *Damien Legrand*.

Au moment où je retournais à ma place, on a frappé à la porte, exactement comme dans mon rêve : toc toc toc !

Mon cœur a battu plus fort. Comme dans mon rêve, la maîtresse a demandé :

– Oui ? Qu'est-ce que c'est ?

La porte s'est ouverte lentement. J'ai retenu mon souffle. Et… un garçon est entré. La maîtresse a dit :

– Bonjour. Comment t'appelles-tu ?

Le garçon était rouge et essoufflé. Il a répondu :

– Je m'appelle Julien. Julien Verbois.

– Et pourquoi es-tu en retard, Julien ?

Le garçon a bafouillé :

– Ce n’est pas de ma faute, c’est mon père qui... parce que ma mère a...

La maîtresse l’a interrompu :

– Va vite t’asseoir, Julien ! Tiens, il y a une place près de Damien.

Et Julien est venu s'asseoir à côté de moi.
J'ai chuchoté :
– Pourquoi tu es en retard, en vrai ?
Julien a répondu tout bas :
– Je ne voulais pas venir dans cette école. Je ne connais personne, ici.
La maîtresse a dit, plutôt gentiment :
– Damien et Julien ! Ne commencez pas à bavarder !

On n'a rien dit pendant une minute. Puis j'ai repris à voix basse :

– Et alors, qu'est-ce que tu as fait ?

– J'ai fait toute une comédie ! J'ai pleuré, j'ai crié que je ne viendrais pas sans Cricri.

– C'est qui, Cricri ?

– C'est mon hamster.

J'ai soufflé :

– Moi, j'aurais bien voulu amener Mahou, mon chat !

Julien s'est exclamé :

– Ah, ben non ! Tu ne pouvais pas amener ton chat, il aurait bouffé mon hamster !

On s'est regardés, et on s'est mis à rire, mais à rire !

Cette fois, la maîtresse s'est fâchée.

– Damien et Julien, si ça continue, je vais vous séparer !

Alors, tous les deux, on a compris qu'on allait être de vrais copains.

Édition

Se faire peur et frissonner de plaisir

Réfléchir et comprendre la vie de tous les jours

Rêver et voyager dans des univers fabuleux

Rire et sourire avec des personnages insolites

Se lancer dans des aventures pleines de rebondissements

Presse

Mes premiers J'aime lire, un magazine **spécialement conçu pour accompagner les enfants du CP et du CE1** dans leur apprentissage de la lecture

Un rendez-vous mensuel avec **plusieurs formes et niveaux de lecture :**

- une histoire courte
- un vrai petit roman illustré inédit
- des jeux et la BD Martin Matin

Avec un **CD audio** pour faciliter l'entrée dans l'écrit.

Chaque mois, les **progrès de lecture de l'enfant sont valorisés**, du déchiffrage d'une consigne de jeux à la fierté de lire son premier roman tout seul.

Réalisé en collaboration avec des orthophonistes et des enseignants.

Pour en savoir plus : www.mespremiersjaimelire.com

Presse

Le magazine *J'aime lire* accompagne les enfants dans des **grands moments de lecture**

Une année de *J'aime lire*, c'est :

- **12 romans de genres toujours différents :** vie quotidienne, merveilleux, énigme...
- **Des romans créés pour des enfants d'aujourd'hui** par les meilleurs auteurs et illustrateurs jeunesse.
- **Un confort de lecture très étudié** pour faciliter l'entrée dans l'écrit : place de l'illustration, longueur du roman, structuration par chapitres, typographie adaptée aux jeunes lecteurs.

Chaque mois : un roman illustré inédit, 16 pages de BD, et des jeux pour découvrir le plaisir de jouer avec les mots.

Pour en savoir plus : www.jaimelire.com

Achevé d'imprimer en mai 2008 par Oberthur
35000 RENNES - N° Impression : 8514
Imprimé en France